U0754874

四季

SEASONS
SCRIBBLED

Zhan Furui

潦草

詹福瑞

著

河北出版传媒集团

河北教育出版社

四季轮回

给我人生感触良多

非陈诗无以慰之

"一根零度的火柴"燃起的诗情

丁　帆

福瑞兄寄来他的诗集，让我写个序，作为三十年的老友，我无法推辞，竟也打破了我自己定下的规矩——不写诗、不评诗。其实这并不代表我不热爱诗歌，对于我们这一代从血与火中成长起来并具有革命理想主义和革命浪漫主义情怀的人来说，谁没有青春激情萌动时读诗写诗的经历呢？谁没有诗与远方的抒情梦境呢？有人说诗歌是属于青春的，我却以为这是谬论，人生何时不抒情，只要有抒情表达，心灵就会进发出跳跃的诗歌音符。虽然青春是诗歌荷尔蒙激情进发的时期，容易出狂放之诗，所以恩格斯说"愤怒出诗人"，但仅凭冲动不一定就能写出成熟的千古绝唱来。想起当年插队时不知天高地厚，轻狂为诗，天天背诵古诗词，日日创作仿古诗，及至后来看到"朦胧诗"后立志做一个现代诗人，再后来，看到许许多多像我一样想做诗人的草民们熙熙攘攘往诗坛上攀爬，我却有了一种出离的莫名悲哀，决心扔掉这支妄图写诗的秃笔，去做其他的文学营生。眼见着诗人越来越多，却望着现代诗歌创作江河日下的悲凉，每每看到那些不是诗歌的诗歌充斥诗坛，身上马上就抖落了一地的鸡皮疙瘩，尤其看到那些得了中国诗歌殿堂里最高奖项的各种"新诗体"的诗歌，我对诗歌彻底地失望了，所以立誓不写诗、不评诗，然而这并不代表我不再读诗了，那些引起轰动效应的诗和自以为还是好诗的作品还是要浏览的，我不知道我的这种诗歌逃离是自己文学人生的幸还是不幸呢？

带着简单的心理去读朋友的诗歌，没有任何功利目的去进行心灵的交流，让我以一种远离诗歌的放松心情看朋友藏在心灵深处的隐秘，或许在没有任何设防的情境中还能读出一些不是诗评的文学遐想来，权作与作者神聊吧。

詹福瑞是治古典文学的专家，饱读古代诗歌自不必说，让我惊讶的是他竟然对现代散文创作和现代诗歌创作极有兴致，这种现象在我们现当代文学学科领域并不奇怪，出现在古代文学学科中较为鲜见，除了一些沿袭古代笔记体，以及明代"小品文"写作方式，善写现代散文随笔者外，我熟悉的古代文学学者中写现代诗歌和小说者鲜见，知道复旦的汪涌豪兄善吟古典诗词又兼创现代诗歌，我的师弟肖瑞峰亦创作现代长篇小说，再就是詹福瑞时而创作现代散文与现代诗歌。我曾经给福瑞兄的散文集《俯仰流年》写过评论，他写日常生活中的人生的悲欢离合，充满着人性的光辉，许多细节描写和抒情笔调让我不禁潸然泪下。今天读他的现代诗歌，同样感到了那份隐藏在诗歌深处的真情与人性的艺术魅力，让我深深地体味到——诗从人性来的真谛。我清醒地知道，福瑞兄骨子里就是一个浪漫气质的诗人。

我不知道福瑞兄将诗集起《四季潦草》题目的含义是什么，是指心情？生活？还是人生？抑或兼而有之？好在诗无达诂，一路读来，且析且行吧。

《布谷》是一篇祭奠与思念的哲理诗，从诗歌的语言和意象的表达中，我能够遥望到《诗经》的意境，也能体味到唐诗宋词的韵味，母亲与乡音所构成的意象，足以让我想象和体味到诗人不能忘怀的生活境遇，而两句"改变被结扎了的声带不经虚饰的语言／是否还会像人一样会说文明的话"却将我带入到深沉的哲思之中，在那个不知是天堂还是地狱理想国里，寄托了诗人对人类无尽挽歌的祈祷和期盼，那个呼唤是母亲发出的，更是诗人醒世的呐喊。

在《观歌剧〈蝴蝶夫人〉》中，同样是对人类的叩问，是谁篡改了普契尼的原意，"是谁悄悄地掩埋了这部歌剧"，诗人以思想家的名义对艺术内涵提出的质疑，仅仅就是针对这部歌剧吗？

在《末日预言》里，我更能体验到诗人对这个世界所发出的悲号：

      我半卧于法老的占星台上

      试图保存我生命的实在

      但肉体抵不过顽石之顽

顽石又风化于加勒比海的气流

　　没有亘古，永远是永远的末日

　　虽然诗的格调有些悲哀，但正是这种悲剧性的诗情才能
将我们提升到人性的视界里深思，由此我的耳畔响起了音乐
家马斯涅《沉思》的深沉旋律。

　　在那些写景的篇什中，我望见的是灰色感伤的色调，《倒
春寒》写的是实景，却让我想到更深远的人生。

　　这春天

　　只看见钢铁般的枯枝疯长

　　盘根错节

　　爬满了灰色的天空

　　显然它让我联想到那一句著名的"朦胧诗"，这也不仅
仅局限于对生态变异的反思，让我们想到的是人类的共同
命运。

　　即便是情诗，诗人饱满的情感也是采取古典诗词的寓意
写法，在《梅山赏梅》中，隐隐透露出的情愫让我看到的也
是那份感伤的缠绵悱恻之情。在《海棠》中，更是彰显出了
诗人的那份剪不断理还乱丝丝入扣的情思，情之外的思，却
更能激发我的哲理想象。

　　"我知趣，花不识我／我错过了她的花期"和"我想轻轻
地拥抱你一下／而你款款而来的韵致／是如此高雅／令我望而
却步"，在情与思的徘徊中达到了更高的诗歌境界。

在写景喻人、写景寓情的诗歌中，我们在每一篇中都可以找到那些哲思的金句。《萌》中的"要到户外探探春光／可我却在门内／徘徊了一个世纪"；《在雪白的沙滩》里的"在海边／影子看见了我／曲曲的有点儿变形"；《郁金香》中的"一片花瓣落下／砸伤了一个春天"；《海边掠影》里的"海豚牵着婚纱／从傍晚飘向黎明／清澈无边的泳池／柔情无际的秀发／一个人就是波光粼粼的世界"；《印度洋的一朵云》中的"从此，心如水母／随着星辰而漂泊／在每一株珊瑚上停留／在每一朵浪花上跳舞"；《雨还在下》里的"你跑到哪里都是圆的／雨还在下个不停"；《海滩拾贝》中的"知道你已无生命／我还是轻轻拾起你／不是为了灵与肉／是小小的一个美丽"；《海边落日》里的"是海迎接落日驾归，还是／落日欢呼海的沉默／此时，空洞的潮声自月亮／一波又一波地涌来／灰黑吞没了暗红的天边"；《窗外的风景》中的"在现代的平原上／只有水泥和钢筋茁壮成长／浇灌它的是不断膨胀的欲望／一栋栋高楼拔节返青"；《一片云》里的"天地之间，此时鸦雀无声／只剩下水的履带／碾压过草坪和花圃／淹没的房脊伸着脖子喘气／乌鸦破败的黑羽覆盖了城墙"；《在落叶间行走》中的"我从树林走回／把叶子夹在笔记本里／我知道它会在每页间行走／沿着一条弯弯曲曲的小路／再走成斑驳的五彩"。

我从这些诗句当中看到的是诗人的真情和那种对世事的洞悉与参透，诗人从风景的意象中总是要把诗境引入一种人生哲理的思考之中，我并不是想无限夸大这种具有传统意义诗体的诗歌功能，而是对读惯了这些年来充斥诗坛"平面化""口语化"诗作的一种反思，我对味同嚼蜡的诗歌心存鄙视，立马就会想到诸如"大跃进"时代的歌谣，以及 20 世纪 70 年代"全民诗歌运动"的种种弊端来。诗歌虽然不是贵族的，但总要留下两种"空间"，既是艺术形式的飞白，也是思想隐匿的地火。唯有此，我们才能在诗歌的咀嚼当中获得心灵的愉悦和思想的升华。

在写人的诗歌里，我看到了诗人隐晦的表达中所透露出来的人生无常的哲思密码，"我相信每个人／每天都有个约会／不知在哪里／不知何时"。这首诗既可以作为谆谆告诫每一个活着的人如何看待世界人与人之间交往时的警言，又可以当作一首情诗来读，其中藏着诗人寻觅"伊人"情感的欲火，全在各人读出自己不同的生活经历和经验来了。

在《病中想起了妈妈》里母亲的"叫魂"将我们带入了最普泛也是最动人的人性细节的诗句捕捉之中，"睁开眼就看到母亲俯在面前的脸／然后合上眼放心地再睡"。诗人心灵的悸动一下就唤醒了沉睡在每一个人心底深处的母爱。像这样摄人心魄的诗句穿行在诗人写人的字里行间，不仅仅是在悼亡诗的感念中，也散落在平淡无奇的生活描写中，只需寥寥一两句的拉升，诗歌的意境全出。无疑，在这本诗集里的许许多多随性而写的杂诗中，我们处处都能够看到诗人所营造出的那种闪烁着人性哲理的光芒。

"泥落画梁空，梦想青春语"只是古代诗人回眸人生路时的悔恨谵语而已，"右军书法晚乃善，庾信文章老更成"或许才是福瑞兄诗歌创作的追求。

于是，我终于似乎在《测不透的季节》中找到了《四季潦草》的"诗眼"和"诗心"。

6

我远行到天涯海角，再折回
热切切走下从空中连接地面的旋梯
城市却把我孤零零地甩到角落
空空荡荡地贴着窗玻璃

季节是否在悄悄地转换
如同永远也测不透的风向
已然是南风已经回归的正月
乍暖还寒，空气还充满躁动不安

我的心早已被严寒冻僵了
渐渐开出一串串冰花
傍晚的窗子像星星一盏一盏点亮
我静静地候望着，一盏
如同守望着一根零度的火柴

　　此诗虽有悲切之意，但一个有良知的诗人形象便跃然挺立起来了——"我静静地候望着，一盏/如同守望着一根零度的火柴"，以我与福瑞兄多年的心灵交流之默契，"一根零度的火柴"就足以照亮一个盗火者前行的漫漫之路。
　　一番浅薄之乱语，且冒充序言罢。

2021 年 7 月 1 日草稿，7 月 4 日修改

目　录

布谷

这声音从远古的山间或平原传出
带着萋萋禾谷秀穗悠悠的清香
用殷勤而近乎苍凉的嗓音呼唤
流浪于玻璃与霓彩间的孩子
如同母亲在深夜切切地唤着魂儿的归来

而我则犹豫着，空洞地思想着
是否向充斥着 PM2.5 的化学符号辞别
忧虑牛车缓缓的泥土中的呼吸是否窒息
改变被结扎了的声带不经虚饰的语言
是否还会像人一样会说文明的话

习惯于没有广袤田园的春天
和习惯于没有葱绿的春天的田园缺乏想象
天籁之声消失于贫瘠如尸体肌肤的世间
不知地狱，自然也无法到达天堂

所以我不知能不能回到万年前的土地
那里有一只还未进化的精灵飞翔
她向着我们也是向着来世的未知
吐出一串长长的无奈而又不舍的乡音

观歌剧《蝴蝶夫人》

普契尼授予过你这根银色的棍子吗
不认识你，亦不曾叫你代理
一个音符一个和弦和一个半音
你何时用什么手段窃取了他的咏叹调
鲜花掌声貌似谦卑的鞠躬和这剧场

普契尼的旋律只在曲谱的手稿里
加强减弱延续或停止
如今你却篡改了他的初衷
喧哗粉饰华而不实的欺骗

你身着燕尾服打着蝴蝶结
夸张地扬着手挥汗如雨
当你说感谢观众感谢普契尼时
是谁悄悄地掩埋了这部歌剧

末日预言

阳光直直地照着祭坛，蒸腾着
白皮肤的比基尼黑皮肤的脊背
一切皆在玛雅人的预料之中
此时此在就是他人的昨日
五十六年一个轮回的过去时

时光会似豹子一样迅速窜出
又消逝于心脏与阴茎献上的金字塔
血淋淋的太阳与活生生的性灵
如同一场球赛没有胜者与输者
只有春风和冬至如期而至

我半卧于法老的占星台上
试图保存我生命的实在
但肉体抵不过顽石之顽
顽石又风化于加勒比海的气流
没有亘古，永远是永远的末日

倒春寒

这一个春天

期待已久的春天

在一场暴风雪中

挖出一只眼

在厚厚的铅云中

挖出一只眼

我久久地凝视

一棵小草能否钻出冰层

这一个春天

偏偏不使杨花结出紫花

不使柳树长出灰中泛黄的鸟爪

不使迎春冒出金黄的星星

不使酝酿了一个冬天的玉兰露出玉颜

这春天

只看见钢铁般的枯枝疯长

盘根错节

爬满了灰色的天空

这春天

期待已久的春天

北方的土地上
腐败的树叶遍地起舞

每天都有个约会

雨声，敲打着树叶
抖出一片喧哗，吵醒梦中人
急匆匆起身，来不及洗漱
拎一把雨伞，急慌慌出门
今天是休息日，不必上班
你往何方？去干什么

我相信每个人
每天都有个约会
不知在哪里
不知何时

大雨重重地压住雨伞
地上已是一片片水洼
你深一脚浅一脚溅起泥水
拖着湿湿的鞋子下到地铁
八点四十分
也许伊人正在此趟车上

我相信每个人
每天都有个约会

不知在哪里

不知何时

时下时停的雨

似你放不下的心思

你打开书本

看到的是图像迷蒙

换了一身新衣的你想着中午

或者在路上

或者在饭厅

有一分钟的擦肩而过

伊人却不见踪影

也许约了他人

我相信每个人

每天都有个约会

不知在哪里

不知何时

梅山赏梅

梅山，梅如海
梅山，人如海
一万个人赏一万朵梅花

梅山，看梅
每一个人都带着眼睛
熙熙攘攘，人来人往
没有人惊喜
没有人叹赏

业经阅人无数
我们来时，梅花
已经无精打采
努力找到小小的蓓蕾
却又瘪瘪地伤心着

我知趣，花不识我
我错过了她的花期

宫墙边的白玉兰

宫墙边的白玉兰
斜斜地伸出枝条
小心翼翼地睁开眼睛
天空洁白，空气洁白

宫墙边的白玉兰
努力地俯向人群
似乎迎合着手机镜头
却高高地悬着孤寂

宫墙边的白玉兰
背景是发紫的红
开出的却是无瑕的白
只有到夜晚时
野猫才会闻到它的香

萌

三月的某一天
地球有一阵
神秘的冲动

猫在屋脊上跳舞
公鸡叫个不停
雷声还在远处
土地却要拱起
草木却要发声

地心窜出的力量
似要挑开天空的锅底
我心亦生出欲念
要到户外探探春光
可我却在门内
徘徊了一个世纪

在雪白的沙滩

在雪白的沙滩
我看见了一粒雪白的沙子
它不知自身的洁白
也不会知道身边的沙子

在清清的海水中
我看见了一棵水草
它生长了繁密的根须
却随着波浪漂浮不定

在海边
影子看见了我
曲曲的有点儿变形

郁金香

杏黄与金黄
抿着嘴，却笑得灿烂
少少的几枝
令屋中春天玉立

却只有一个礼拜
花瓶里的水突然静止
花瓣如同摔碎的水晶
沉重地落下

一片花瓣落下
砸伤了一个春天

蒲公英

遥远的云山深处
有一座神秘的蓝山
我想借着微弱的羽毛
飞去，也许在那里
会播种下一枚蓝色的种子

微醺除夕

玻璃的烛台
水一般透明
拉出长长的身影
蜡烛无声地融化
流下粉粉的眼泪

红红的液体
为什么是数盏
而不是一杯呢
那样就无须推杯换盏了
但酒还是从瓶子里
流出一条河
向北，再向北

微醺，有酥酥的飘
有飘飘的软
终于不再留恋一个
虚拟的晚会
几个人投到沙发里
一起看花

蝴蝶兰扇动紫色翅膀

杜鹃两颊微红

都随着音乐起舞

子夜钟声响起时

是谁发出轻轻的鼾声

漂泊

上帝给我们的家，叫漂泊吗
在云天滑翔，在丛林穿越
住宿在城市或乡间的一隅
车厢是黄金屋
站前路灯摇曳着生日的蜡烛

因为只有漂泊
我们才有家的感觉

上帝给我们的家，叫想望吗
与熟识的陌生人一起流动
想着窗前的四月海棠
绽放梨花与玫瑰的颜色
却如小小的梅花和杏花
一棵开在西府的四季树

因为只有想望
才会开花结果

上帝给我们的家，叫梦境吗
我们泅渡碧绿的海洋

或在蓝蓝的山顶飞翔
飘出天际的瀑布是谁的牵挂
缘着珍珠般的水流寻找

因为只有梦境
才是我们自由的巢

书与咖啡

一本书与一杯咖啡
用什么对话
是充分地展开
还是严严地合上

展开与合上时
你闻到了什么
一缕绵绵的味道吗
从叶缝与字词间
悄悄地爬出来
磨碎了的情感粉末
好吃却带点毒

一杯咖啡与一本书
用什么对话
是用它流动的气质
还是用它缥缈的气态

乳白与褐色
不断流淌的激情
也会变成锐角吗

上善若水

以无为本

云山雾罩中的智慧

渐渐地淡去了书香

车站剪影

一个背影
一个早晨
等候，匆匆地
被熙熙攘攘的人群
淹没

一只红色的挎包
一身雪白的羽绒服
一列火车
一串长长的牵挂

一个背影
一个静守的人
一颗心
一辈子的长度

火车长笛在拉扯
谁的思念
和铁轨在纠缠
颠簸的时光
等待的日子

两条铁轨

遥遥的天际

路程

一段丢失的日子
带走了七枝绽放的蜡梅
上海两枝，杭州两枝
火车上留有三枝的余香

要去交换几支曲子
在胶纸的电唱盘上
一夜复一夜地旋转
视听室里
声音空空如也

没有梦的草地
没有雨的音符
没有人的小路
风小心地躲避

归来，仍在今年
岁月，匆匆忙忙走过
人，匆匆忙忙地迎来
被带走的路程
用多少个音符
才会把它轻轻拾起

想象一个房间

无法到达
就想象
一个房间

想象一个凉台
枯萎的扶桑努出新叶
柠檬花如栀子
碎碎的浅白
夜来而香
一双神灵的小手
编织了一个季节
冬天里的春天

想象一扇窗子
透明的心灵
如此般静好
如同乳白的奶昔
或者澄明的新茶
盈盈的一盏
刚出烤箱的饼干
一枝海棠

克莱德曼的钢琴曲

想象一个摇篮
摆满毛茸茸的小熊
懒散的动物
可爱的绒娃娃
一个女娲
造了一个世界
一个白天，一个夜晚
一个男人和女人
一本童话

灯

萤火虫的微笑
月食季节的花开
我走进灯泡
与钨丝接吻
再从灯影中走出
告别一把伞

打开的词典不分页
合上的《圣经》无字
我做着白日梦
三套马车奔驰
一条环形的夜路
鬼魅般的项圈

心中失去了一盏灯
灵魂出行，向外
伸出长长的触须
眼睛却没有瞳孔
每一个白天
皆如厚厚的夜晚

海中月

苏轼笔下的探问
千古有情人的无奈
帘幕似的清辉
是谁寻找的目光

一个圆圆的日子
就是一场潮汐
龙汲的海水汹涌
月轮滚过大洋的肺腑
星星为之炫目

而此时的天际
可望不可即
无情的退潮涟漪
携不走遥远的相思

一夜的圆满
二十九天的守望
爬出海岸线似的青藤
下弦的美丽弧线
划出深深的伤痕

情人节

情人节，在路上
千里途程
更加六级寒风
一辆旧上海
追着宝马香车

情人节，在路边
莜麦村亲吻打折
苦吻九折
法国吻八折
拥吻七折
舌吻六折
一个老男人端着葡萄酒
看一位男士吻了羊腿
一位女士吻了鸭脖

情人节，我也
买了一束玫瑰花
一束百合花
却不知收花人的姓名
无奈告诉快递

收花人的地址
在路边

晒一晒影子

当你们晒一年光辉形象时
我却实在没有什么可晒
只能晒一晒 2016 年走来
甩在一段平淡无奇路上
三百六十五个影子

它是如此卑微，如此平俗
没有血肉，甚至没有灵魂
每一刻都匍匐在地上
不敢高过一棵小草
阳光强烈时，影子亦深
阳光暗淡时，影子也浅

风有时拉扯着它，抻得很长
似乎要把我们剥离开
影子永远不会屈服
坚定地跟随着我的身体
默默地和时间保持距离

现在，我就站在元旦的门前
看黑夜把我的影子收起

像岁暮的风拾着落叶
一片也不少，一片也不留
等待 2017 年的第一缕阳光
等待我第一个影子的现身

冬至

当诗人为土地
无聊地寻找哲学时
大雪和泥泞远远地逃离
空荡荡的天空和田野
北风虚张声势
摔打着纸张和落叶

乌鸦的歌唱
是冬天常有的声音
苍老而毫无新意
画眉和黄莺的鸣啭
要一场春雨后方冒出新芽

白昼被压缩到边缘
黑夜就会膨胀到极致
梦，睡了一个晚上
还没有睁开眼睛
地铁里男人的眼睛托在黑口罩上
开小轿车女人的眼睛掉到红口罩上
熙熙攘攘的群众
面目模糊，轮廓一团

走过切割分明的斑马线

走过缩着脖子的广场

走过大象为模特的动物园

这个冬天，我只做一件事

寻找一块可以飞翔的滑雪场

悼余光中

读过你杏花春雨
小桥柳岸的江南
采桑叶的江南
放风筝的江南

一颗被绣花女
刺绣的锦绣诗心
一阕被采菱女
唱出的淡淡的伤春
水一样流过去
还会继续流淌去

读过你的小船
烟雨中飘摇的小船
依岸的新娘，凝眸
一头枯草样的华发
那张名气甚大的船票呢
水中的落红可是

一扇柴门后的老母亲
还缝着竹布长衫

等着寒风起时为你遮体

而你已经西服革履

在海边品尝半个世纪的乡愁

如今，遍地都是诗人

满世界是长短句

一个真诗人走了

一缕诗魂向着何处

两岸皆是诗的肢体

现在的舟船

快过一枚邮票

一个客死他乡的游子

一缕乡魂归于何处

雾霭呵沉沉

海水呵苍苍

江南仍在梦中

此时却非春光

桃花潭吊李白

从青山到桃花潭
手把一枝菊花
从春天走到秋天
是祭奠陶潜还是李白

桃花源里迷失了魏晋
何处寻武陵的打鱼者
桃花潭边游轮如织
哪里藏着汪伦的歌声
芦荻摇曳野菊盛开的岸边
只看得黄叶片片顺流漂去

自诗人乘舟走后
只留下孤独的敬亭山月
但今夜无法邀他入室同眠
接待客人要到前台登记
我只能徘徊青衣江边
把袂潋滟的月光
且与他做半宿的同舞

悼胡遂

昨天给你发短信
你没回，就悄悄地走了
我埋怨你这个缺礼的学生
怎么不给我打声招呼呢

好好地活着
读书，教书，参禅
怎么说走就走了
天堂固然很好
可那里毕竟都是陌生人

芙蓉国里的女儿啊
此去的路途有多远
我无声的眼泪飞向你
隔山隔水地送你一程

海边掠影

是一方胭脂云
和一泓近海的蔚蓝
描出的月光鱼吗

如梦似幻的云锦
曲线镀着弧形的金边
划出浪的波纹
你是大海灵光一现的倩影

是空中皎洁的月亮
和碧透的大海
一场浪漫的婚礼吗

海豚牵着婚纱
从傍晚飘向黎明
清澈无边的泳池
柔情无际的秀发
一个人就是波光粼粼的世界

至境

任何一丝人的声音
都是一把刀子
划破宇宙的宁静

任何一个语词
都是一摊浊泥
污染了漂蓝的空气

在至纯的天外
一抹金黄与大红
是太阳的一瞬激情
还是月亮遗落的目光
是海洋的霓裳
还是霓裳的梦

我无缘到达圣地
亦无法指认美
想象苍白无力
并感喟，此景
只能用鱼的眼光流连

印度洋的一朵云

从傍晚豪雨中
飞出的一朵云
悬在机场的上空
卸掉了一座城市
洁白而又轻盈

远在印度洋上的白云
可是身边飘走的那朵
来到鱼和鸟的故乡
带去北方的湿度和温度
在沙上覆盖纱
在水上覆盖水

从此撒在海中的小岛
在心中染了绚丽
如空气一般无影无形
想得久时变成蔚蓝

从此，心如水母
随着星辰而漂泊
在每一株珊瑚上停留
在每一朵浪花上跳舞

幼苗

一粒种子的发芽
需要多少力量
黑暗中萌生的胚胎
惨白，曲曲弯弯
却难以掩抑它的荒蛮

在板结如铁的土地上
一株幼苗的诞生
如同一次痛苦的分娩
新生即意味着夭折
希望即是绝望

一株幼苗的出土
注定符合上苍的意旨
看似羸弱无骨
却有坚毅的灵魂附体
落地即生根
落地即繁衍
长成一株枝叶
一朵小花
完成一个生命的轮回

雨还在下

没有任何征兆
淹没天空的雨突然来临
树叶喧哗 ，屋顶喧哗
开始时，我的心跳
与雨的节拍同步
如同地下的水泡
一秒钟溅起无数

雨一天都在下
我坐在屋里开始发呆
竖起耳朵寻找声音
奇怪，声音逃遁了
天地何时归于死寂

雨一天都在下
也许是傍晚
也许已经午夜
这屋子变得黏稠
黏稠得似一锅糨糊
我伸出一根手指
竟然拉出一根蛛丝

雨一天都在下
我试图逃出屋子
我跳出窗口
在一片汪洋中裸奔
我发现天地是个球体
你跑到哪里都是圆的
雨还在下个不停

天机

在香山的小路上
看见一片红叶在爬山
我好奇地掀开叶子
却发现一只蚂蚁
我掩住了嘴，不说话

在北海的银滩上
看见一只贝壳在行走
我好奇地翻过贝壳
却发现了一只寄居蟹
我掩住了嘴 ，不说话

在我家的楼前
看见一只麻雀
偷走邻家猫的饭团
我掩住了嘴，不说话

在逼近的天空
看见一片乌黑乌黑的云
翻过我的头顶，雷鸣电闪
却没有一滴雨点

我掩住了嘴，不说话

自然无言
我亦无言

失眠

我的隐身向我告辞
马达声碎，衣裾依稀
带走了一段催眠曲
再携走一枚月牙儿

我的隐身走了
留下大海来纠缠
每天夜里海水汹涌
屋子在潮声中涨落
我像一只浮在水面的贝壳
任凭海藻牵扯

我的隐身走了
慷慨地把夜空给我
无数星星吵闹不休
一颗斗大的启明星
挂在了我的鼻尖

我无奈去寻找影子
隐身的孪生姊妹
姑且把袂求欢

高脚杯斟满玫瑰色
天空涂满猩红的渴望
镜子却哗然散落

此时，我目光呆滞
无力爬出虚幻的记忆
我把眼睛钉在了屋顶
像一枚闪亮眩人的风铃

海滩拾贝

与大海的分离
自此涨潮时开始
送你到银色的沙滩
再一次显现斑驳

大海，会把一切
抛到漫长的滩头
有形与无形的
迟早是个时间问题
唯有你，还会再来一次

知道你已无生命
我还是轻轻拾起你
不是为了灵与肉
是小小的一个美丽
仅此一次，也是
最后的美丽

海边的星星

刚刚拾过贝壳
再来拾海边的星星
贝壳与星星
此时正穿越我的记忆

曾经的星星
散落在海边
曾经的贝壳
倾斜为海里的星星

无论是一瞬还是永恒
我都忠实地相信
对于此刻的我
大海的精灵们
美丽只有一次

海边落日

人群拖着肉体和喧嚣
忽然散去，只留下
沙滩，逶迤的海岸线
如同漫长的等待

一个人坐看落日
看它降得甚低时
一条酱紫色的光路
就铺得越发长
直直地通向天空

是海迎接落日驾归，还是
落日欢呼海的沉默
此时，空洞的潮声自月亮
一波又一波地涌来
灰黑吞没了暗红的天边

雪中

在漫天飞舞的雪花中
没有人知道我的存在
我试图走出一条足迹
故意在马路中央
画出歪歪扭扭的人字
雪花转瞬就把它抹掉了
我知道它是无意的
上天也许不认识人字

雪中的风是我的玩伴
转着弯挟裹着我
试图掀起羽绒服的一角
发觉它力气没那么大
原来雪中的风也是温柔的
喜欢风包围我的样子
感到这比晴天更安全

窗外的风景

火车以 300 公里的速度飞驰
我趴在窗前看深冬的风景

村庄瑟缩着
如一个得了哮喘的老人
佝偻起瘦弱的身子
新坟点缀着田野
纸糊的汽车刺伤人的眼睛

麦田如同风干的豆腐块
萋萋荒草斑驳着萧瑟
铲车无情地切割土地和河渠
从山前到江河两岸
到处是它七零八落的肢体

在现代的平原上
只有水泥和钢筋茁壮成长
浇灌它的是不断膨胀的欲望
一栋栋高楼拔节返青

隔着一层快闪的玻璃

在火车上似乎穿越一个世纪
梦幻的时空不需要忧伤
我和你嗑着瓜子喝着茶
看着外面，像看着火星的故事

三月的窗外

我探头在三月的窗外
头发刹那间被染绿
我在风中伸出十指
十指长成了十棵小树

我发现桃花变脸
是在一夜之间
睫毛挂满喜悦的泪水
两颊堆上了红晕

没有风刮走鸟儿的七嘴八舌
没有云屏蔽了神的脚步
尽管预报冷空气在零下
麦子自顾自地遮住了大地

黯淡的河水
突然泛起宝石的粼光
我看到鸭子试水
天鹅露出了红掌

我感到在一个清晨

变成了不懂规矩的孩子
嚷嚷着到城市的广场
去放飞一只燕子风筝

四月的可能

四月，阳光的温存
停留在土地
一寸一寸地抚摸
土地由坚硬而柔软
可以接纳所有的种子

四月，风弹着花的肌肤
每一个花瓣都细润如脂
每一种颜色都渴望书写
每一朵花都有故事

四月，是女神的节日
她让所有的生物梦幻般神游
树木春情怡荡
小草颤抖着四处奔走
所有的动物激情四溅

四月，我亦完全迷狂
走出封闭已久的身体
似乎为了丢失什么而寻找
又似乎为了接受什么而打开
四月是命运，一切皆有可能

海棠

粉红的风铃
又一次在我的心中摇响
从叶尖尖的绿叶间
细雨一样飘过的悄语
粘在了我的发际
我想和你对语
可我的语言已经被你迷倒

你用红的丝绦
在缀满蓓蕾的胸前
系着七个花瓣
我想轻轻地拥抱你一下
而你款款而来的韵致
是如此高雅
令我望而却步

每一年你都隐居
却又不舍地来
在花园，在路边
与樱花桃花联袂而舞
我亦申请参加

自惭形秽啊

你的美丽使我感动

却又莫名地忧伤

春节偶拾

今天，大陆向南
再向南展开
一束待开的月季
向南伸出纤纤的枝条
一支《*if you*》的曲子
过了雾霾埋伏的田野

今天，与其说
大陆向南延展
毋宁说大陆由北向南切割
从此，中原以北
不复有存在
地铁，图书，咖啡
眼泪，或者失眠

团圆

从此，开始了团圆
熟悉得不能熟悉的面孔
重复得不能再重复的礼仪
一年一度的春风

从此，面具也改变
长长的睫毛
嫁接了几分妩媚
尖尖的指甲
修饰了艳艳的豆蔻

压缩了的角色
掺杂了的情感
团团围着一个圆
推杯换盏，杯觥交错
在大团圆中
我显得如此陌生

灵魂与心

灵魂何在？心又何在
亏钱穆先生想得出来
码成一个一个铅字
整整齐齐站在书面

我喝着苦涩的咖啡
小心地切开蛋糕
时光消磨成慢慢的品味
想着灵魂与心的相遇

心在人的胸中
有鲜红的血与肉
既渴望鲜活的女人和男人
又缥缈地看着一通石碑

灵魂行走于天堂
长着天使飞翔的翅膀
他俯瞰着心有些不解
要携着它从土地上飞升

此时，服务员拿着收款机走来

五十六元一杯咖啡
是现款还是手机付
我打开手机看到无数信息
贸易战，美伊战，交通管制

我不得不向钱穆先生鞠躬
恭恭敬敬和他说再见
实在顾不上你的灵魂与心了
今天的世界很骨感也很忙

阳光的味道

最怕江南的五月天
细雨的牛毛塞满了门窗
屋子里的空气黏滞成一团
浑身的汗毛从月初就开始发霉

既然满世界都是牛毛
就躲在屋里读一本书吧
一本钢铁是怎样炼成的
纸张竟然变得柔弱无骨
文字瘫软，如一摊烂泥

已经有多久了
是几个月还是数年
没有闻到阳光的味道
用七彩酝酿而成的味道
自由的风杂糅着青草的味道
暖暖的爽爽的味道
让人舒舒服服平平静静的味道

一片云

一片墨黑墨黑的云
气势汹汹地吞掉了天
吞掉了一座城市
雨硬硬地扫过树林
像一粒粒射出枪膛的子弹
街道上雾气升腾起弥漫的硝烟

我看到公园里一片年轻的杨树
几乎被风拦腰折断
我看到河岸边一丛箭竹
一遍一遍被摁倒在地
又顽强地站了起来

天地之间，此时鸦雀无声
只剩下水的履带
碾压过草坪和花圃
淹没的房脊伸着脖子喘气
乌鸦破败的黑羽覆盖了城墙

天，终于放晴了
麻雀又开始在树梢叽叽喳喳

人们不再关注乌云何时走掉

它再黑再厚也只是空气

只有折断的小草记得它

记得自己曾经战栗的影子

在落叶间行走

心灵的脚步
总是迟于太阳的脚步
我还在蝉鸣声里
抚摸婆娑的绿荫
一片黄叶，却突然
砸痛了我的额头

俯下身子看一看
杂乱无章撒在地上的叶子
有的金黄，有的泛红
有的还留恋着碧绿

岁月总带几分伤感
悄无声息地赶路
我不得不留心身边
一个人匆匆走过
此时的秒针划过了五时
那也许就是我的幻影

越来越多地回过头去
越来越多地抬起远望的目光

熟识的人越来越少
忆起的人越来越多

感恩站立在上面的泥土
我吮吸着它的乳汁
长成了万物中的一棵小草
而且爱和被爱过
和我一样卑微的小虫
和我一样卑微的小草

我从树林走回
把叶子夹在笔记本里
我知道它会在每页间行走
沿着一条弯弯曲曲的小路
再走成斑驳的五彩

猫的眼睛

在这间现代的屋子里
我已经很久很久无梦了
经常是睡着的时候
大睁着猫头鹰一样的眼睛
我想看清白昼与黑夜的切割

我在黑暗中寻找一丝缝隙
寻找从关得严严的窗子
试图挤进来的一缕星光
它也许就是日夜的影子
而厚厚的窗帘隔绝了一切

有时，我会产生幻觉
幻觉自己做了一个梦
梦见一阵耀眼的光风
一朵染上七彩的云朵
我闭上了迷离的眼睛
屋中铁幕一般的黑

我听到了此起彼伏的鼾声
那一定是周围的梦跳舞

我又一次睁开眼睛

清醒地看到这是一个无梦的房间

我睡在这里，梦却在别处

此刻，外面刮起狂风

此刻，外面刮起狂风
像突然从地球深处卷来的滔天海啸
怒号着，撕裂开一个沉寂万分的夜

谁家的窗玻璃碎了，清泠地
划出一道刀尖刺破钢铁的声音
谁家的遮阳帘篷解体了，像一个流浪汉
砰砰砰地拍打着紧紧关闭的大门
隔壁，一个老人关上窗子
狠狠地骂了一句：该死的风

我知道自己是安全的
安全得似蝉蛹躲在了茧子里
但我还是不自觉地从床上坐起来
微微发抖的身体裹紧被子
我无法隔着厚厚的窗帘观景

想起了千古相传的一句名诗
我却没有似老杜那样吟诵出口
因为此刻不会有茅屋被吹破
一堵墙，我与暴躁的气流隔得很远很远

我只是担心对面学校的牌子
是否被风摔到了操场上
门前马路上的红色信号灯
是否被风吹掉了头，电线短路
楼下的花花绿绿的招贴画
是否吹掉，明天的酱油到哪去打

我在一片担心中似乎又睡了
在梦里感受到风的撤退与消失
天地间万物皆归于平寂
待之而起的是浑然一体的鼾声

打开一本书

也许在漫不经心的一伸手间
也许是一个蓄谋已久的实施
也许是在一个色彩斑斓的秋天
也许是一个阳光明媚的春日
一个喝着浓浓咖啡的清晨
一个悠闲的百无聊赖的下午
我打开了一本书

我打开了一个陌生的生命
忽然间嵌入我生命的生命
我翻开了一个如婴儿初生的历史
刹那间融入我的历史的历史
它在我的疼痛中哭与笑
它在我的灵魂中述说

它以它的美丽描写我的美丽
它以它的善良塑造我的善良
而我则在它的经历中与它一同书写
春天里的一树长着媚眼的海棠
夏日含蕴着浪荡白云的湖水
书写高原上一座隐约的雪山

大草原一匹奔腾纵逸的野马

我打开一本书，读了十年
读到了自己另一个生命

我站在一棵树前

一棵年轻的白杨
我站在它的面前
抚摸青色泛着霜白的树干
嗅到了一股涩涩的香

树叶小得似婴儿的手掌
一阵微风，它也会快乐地招手
叶子是绿白而透明的
细细的叶脉清晰可辨

我站在这棵年轻的树前
莫名其妙地有了依恋
我的目光化为一只蚂蚁
缘着树干爬上树叶
久久地久久地粘在了那里

在一棵年轻的白杨树前
我似乎驻留了一世

日记

昨天，我睡了二十四小时
醒来后还惺忪着眼睛
倚着枕头，拥着棉被
想不起来今天要做什么

我看着一只入冬的苍蝇
趴在玻璃上晒太阳
好似缺了一只后腿
身子不免倾斜四十度
翅膀振动了七次
没飞起来，有点故弄玄虚

我披着一件棉绒睡衣
从床上起来，伸了二十四个懒腰
趿拉上咖啡色的皮拖鞋
从内室溜达到客厅
再从客厅溜达到洗漱间

看着阳光慢腾腾地爬到墙角
一只花猫横卧在地板上
挡住了它散漫的脚步

我看着猫在一个山脊上跳了过去
吓得阳光浑身抖动了三秒

我翘了二十四遍二郎腿
打了二十四个哈欠
挂了二十四个电话
翻了二十四个电视频道
还是没想好今天要做什么事情

对一朵白云的凝视

此刻我躺在椰子树下
沙子的柔软躲着我的身体
每一块肌肉都找到了它松弛的形体
我燥热的心也得到了安顿

我与头顶的云彩拉开一段距离
开始对一朵白云的凝视
逃逸了铅云的冰冷包围
没有重量的迫压感觉
亦无令人窒息的心跳

我看到了云在缓缓地向上飘
变换着漫不经心的心情
云有云的上帝，云的天堂
它只是偶尔与大海相遇
以星光的韵律演奏着天体之音

我就这样躺在三亚的沙滩上
身边放着一杯水，一本书
把我的重量我的目光交给云
我打开书是给走过的风看的
我不担心灼热的阳光攫走它们

献给未来的妈妈

像隐藏在嫩叶中的小米粒
你能有多少想象
茸茸的胎毛
倩倩的乳臭味道

可就在风不经意的手指间
她弹出一点豆蔻
睁开星星眼
羞于面对蜜蜂的目光
却骄傲地对你说
妈妈，我要是做了妈妈

她说此话时
我看见天下的花全开了

等待

已经习惯于坐在窗前望着户外
从春天撩拨人的风开始
有一种期待从千年的心中抽出
没有影子，不必丈量它的长度

似乎只关注一只鸟儿的鸣叫
如何能够在一棵树上发芽
一片纽扣大的叶子活过一个夏天
繁殖成覆盖土地上一朵花的绿荫

我就那么耐心地观察雪的融化
雨从南方一步一步地走过来
有划过长空的彻天彻地的雷声
我打开就要朽塌的大门
几乎整个身子扑了出去

嘿！又是一年过去，一年复始
我重新坐回到一扇窗子的前面
看一片黄叶不知从何处飘来
在空中作凭虚的芭蕾之舞
我无法知道它就是这一年的魂灵吗

还是一个堕落季节轻灵的衣袂

不过，对这片令人怀疑的不速之客
我还是一如既往地充满热望
我腾空了一个窗前的书案
准备坐下来和它细细地讨论来年

有一种失眠叫声音

有一种失眠叫声音
那是一阵风的鼻息
轻轻的，有些微甜
如同初吐嫩芽的柳丝
摇曳着一枝春梦
带着小小的鼾声

有一种失眠叫声音
那是一棵树的体香
似四月的海棠花
绽开粉红的胭脂
每一片都似黄莺儿歌唱

有一种失眠叫声音
那是一朵云的眼泪
似一串沙沙的雨声
水滴穿透焦土的噗噗快意
燕子把一声声呢喃剪碎

有一种失眠叫声音
那是把你的感动吹响的小号

那是把你的记忆弹响的贝斯
那是把你留在昨天的圆舞曲

香山红叶

无意打扫阑珊的意绪
乘着似有似无的秋雨
我且为你做一次短短的送别

没有凄清，亦没有热烈
一页小小或红或黄的文字
就是我伴你走向春天的足迹

铁线莲

花蔓编织的山墙
花蔓编织的摇篮
花蔓编织的露台
花蔓编织的甬道

你走过去
似一枝走猫步的
三角梅，摇动
蓝蓝的腰肢

你坐在玻璃的球体里
似一朵绣球
随着屋顶的风，微笑
一个陌生的美

霾

我在雾里看汽车
看了汽车的放屁
我在雾里看人
看到人的黑肺

我努力屏住呼吸
心却狂跳不已
我努了努嘴
一句话终于咽了回去

我闭住眼睛
看到了灰太阳
我睁开眼睛读书
读到了一篇黑字

雾霾深深地潜入我的骨髓
我变成了雾霾的样子
我既想逃出天外
却又藏身其中

悼霍金

你用生命证明
爱与思想
既不能速冻
亦不能缓冻

悼李敖

一个人
骂了一辈子
这个世界
还要他再骂一辈子吗

测不透的季节

我远行到天涯海角，再折回
热切切走下从空中连接地面的旋梯
城市却把我孤零零地甩到角落
空空荡荡地贴着窗玻璃

季节是否在悄悄地转换
如同永远也测不透的风向
已然是南风已经回归的正月
乍暖还寒，空气还充满躁动不安

我的心早已被严寒冻僵了
渐渐开出一串串冰花
傍晚的窗子像星星一盏一盏点亮
我静静地候望着，一盏
如同守望着一根零度的火柴

电视剧

无语已经有些时日了
就如同好久好久无梦
我现在有的只是发呆
怔怔地看着杨树发芽
然后飘着白发老去

每一天都目送着人群
消逝在光明和它影子相接之处
我无力挽留他们的脚步
也不能启口为他们进入天堂祈祷

每天我默默地看着电视剧里
一张张眉毛和鼻子扭曲的面孔
在人世间夸张地表演
动听或悲摧的故事
我早已厌倦了那老套子的情节
一边看一边哼起起起伏伏的鼾声

我也曾试图搬挪大大小小的文字
再搭建奇巧的八宝楼台
文字此时却失去重量，飘了起来
若勉强，搭起来的定是海市蜃楼

文字

文字来源于绳子
怀疑它最早用于编织时间
编进一个太阳
就系住了一个白天
系住一个月亮
就记住了一个夜晚
编进满天的繁星
人就网进了宇宙

文字于是野心膨胀
开始编织人的故事
它又编织了一个网
从三皇五帝到世家列传
以为网住了全部历史
从《史记》到《清史稿》
我翻了三遍
始终没找到人
我怀疑是被文字吃掉了

窗子

现在这已经是唯一的门
当脚被门锁住
我的目光就是脚步

下坡，看得见街心流浪的小狗
上坡，看得见压在头顶的云
我感到了些许的自由
试图平行走过对面的大楼

五层靠左的窗子
有个五十年代的老太婆盯着我
穿着红睡裤
耷拉着麻袋一样的乳房

六楼右数第三个窗子
一个六十年代的老头盯着我
搭着毛巾的肚皮
叠下三层的皱纹

九层直面的窗子
一个女郎打着手机

穿着三角裤走来走去
带着欲望的眼光
似要穿透我的窗子

我突然发现
所有的窗子
都贴着一对眼睛
它们像伞状的聚光灯
封堵了我唯一的出口

风中无定力

没有任何力量
阻止我跟着风跑
因为我是一片叶子
轻易就会被风折下树枝

跟着我走，风厉声喝令
跑吧，在离地三尺处打旋儿
也会自楼间飘下
作悠悠闲适状
只有我知道
那是在风夹缝中的尴尬

一天，我终于跑累了
躲开风，悄悄地
回到林中困了一觉
醒来时却大惊失色
树林和群山都失踪了
转眼间风就卷走了它们
我茫然四顾
只有黄沙风未能搬走
按此逻辑，我猜想
风最终也会变成沙子

代号

在一个单位，我的代号叫"员工"
在学校，我的代号是"老师"
在病房，我的代号是"五号"

在妹妹那里，我的代号是"哥哥"
在妻子那里，我的代号是"丈夫"
在儿子那里，我的代号是"父亲"
在孙子那里，我的代号是"爷爷"

在母亲那里，我的代号是"儿子"
她却从来不叫，只叫我"三儿"
我自己的代号叫"詹福瑞"
我也从来不自己叫
除非在灵魂忏悔的时候

病中想起了妈妈

已经有好久不想家了
有病时忽然想起了妈妈

母亲治病有三个绝活
一碗她手擀的热汤面
总会有一个荷包蛋
点上香喷喷的葱花和香油
喝出一身淋漓的大汗
身体顿时就轻松了

母亲刮痧用的是她的梳头油
还有一枚黄灿灿的大铜子儿
刮完两只手臂刮后背
刮得越紫散湿热的效果就越好

都不见效时母亲还有最后一招
盛满一碗水，筛上三只筷子
待筷子立直时用菜刀砍倒
然后，母亲呼唤着我的魂儿

我相信有病时母亲总在

那是小时候母亲的许诺

我知道它什么时候都算数

睁开眼就看到母亲俯在面前的脸

然后合上眼放心地再睡

村庄

东西南北四条街
我只走了两条
西街和北街没走下去
忽然觉得来到了陌生的地方

袁家大舅舅母故去了
后屋大爷大妈的坟土还新
两家的瓦房宽大敞亮
可我怎么也寻找不到
舅舅家和大爷家
我的村庄在那里
变得空旷苍凉

一个姑娘瞅了我几眼
您是哪个村的，找谁
我就这个村的，我说
姑娘摇了摇头露出惊讶的神情
我也恍惚觉得走错了地方

故乡的月亮

回家的第一天就失眠了
夜已经过午还徘徊在院子里
月亮知道旧时的伙伴回来了
趴在西墙上看望老友

月亮的目光雪亮，在东墙
清晰地印出了我微胖的身型
好伙计怕我一个人寂寞
又移来杨树修长的剪影

久违了，曾是调皮鬼的月儿
小时候我走你也走我停你也停
后来我白天走了，你无法跟随我
四十年依旧守在老家的墙头

钥匙

那是四十年前离家时
母亲给我的一把钥匙
母亲说，三儿啊
家来时万一我不在家
有了妈给你的这把钥匙
就不会把你关在家门外

四十年的迁徙流转
我几无什么老家故物
母亲的钥匙总是带在身旁
随时为我打开老家的大门

颓屋没有故事

两间茅草屋
孤零零扔在山脚
屋顶塌倒了半边
像掉了半个膀子的妇人

我还清楚地记得
它建于 1974 年
邢建国娶了邻村
如花似玉的姑娘

院子里的笑声
常常令村里人驻足
夜晚灯光照亮窗子
也会看到半大小子的身影

我像一个偶尔走过的路人
无意去打听屋里人去了哪里
但走过屋子时
我还是忍不住回头看了一眼
斜倚屋旁的榆树枝叶繁茂
半掩了朽坏的门窗
似乎有意为它遮蔽什么

枯井

村头上老井还在
青石板光滑如玉
井沿一道道绳子磨出的深痕
似灰蛇窥视着井的深度

一头黄牛占据着井台
摆头晃脑甩着长长的鼻涕
眼屎爬满点漆一样的苍蝇
显然它已经十分衰老

汉子扬起树枝驱赶牛
嘟嘟囔囔语言含混不清
一个光屁股孩子为他翻译
我多少知道了一些事件

一个媳妇多年前投井
进去时穿着簇新的红衣裳
打捞上来却是个光身
皮肤惨白如褪毛的猪皮
这口井淹死猪羊是常事

我趴在井沿往里探视
井不深，也就丈余
依稀可见麦秸、塑料袋
猫的尸体，还有几只旧鞋

远处抽水机正从地心抽水
拖拉机大口地喘着粗气

伏天

乌云如一盆冷水
蘸黑了烙铁一样的烈日

雨终于可以挤进来
水滴在平原神经质般跳舞

草在院子肆意生长
似乎要挥霍掉短暂的青春

灌木瞬间侵占了半个甬道
看架势还要跨过墙头

我只好在花草间跳着脚走路
时不时低下头躲开蛮横的树枝

我可不想剪秃草丛修残树木
疯就疯吧，这个被热浪摧垮了的夏天

处暑

天气说凉就凉了
夜里我换上了薄棉被
云把包裹都抖在了夏天
此时也显得轻飘飘的自在

2020 年的这个三伏
我用淋漓的大汗来苦夏
此时好像洗了冷水澡
头皮觉得轻松了十二分

我能够坐在写字台前
盘算着秋天的行程
首先要去黄鹤楼
远眺疫情后的武汉
再去洪水后的四川
看看那里农家的水稻
顺便凭吊被水惊扰过的诗人

一只蚯蚓和一个黑姑娘的校园

空荡荡的草坪
只有美人蕉独自开
新绽放的一半花瓣
凭吊另一半的枯萎

蚯蚓直挺挺地躺在马路
躯体中间清晰地印着
自行车压过去的胎痕
是向马路对面逃亡
还是横在路上抗衡
昨夜这里一定有惊天动地的故事

滑板飞一样卷过
胖胖的黑姑娘
她的双乳和屁股
同样翘得不成比例
风吹飞无数的细辫子
是刚刚进校
还是匆匆离去

傍晚的豪雨

风先来扫荡一切
树冠几乎鞠躬九十度
风还在撕扯和弹压
没有树干的小草和金达莱
风径直踏成绿地毯
刚刚还在扯着嗓子的乌鸦
此时突然哑口无言
乌云比乌鸦还黑

雨似乎倾泻对众生的不满
狠狠地砸向大地
此时又有闪电
瞬间劈开窗玻璃
很快就有败叶残枝
顺着水流逃走

一个书生站在窗前
静静地看着这一切
他想起来老父的一句话
多暴，它也是雷阵雨
又能怎么样

午后的第一节课

午后的第一节课
时间慢吞吞地不肯走
我的语速提到了十公里
学生们的眼神
还在五公里的地方黏滞

我吩咐学习委员王芳
打开两面的窗子
也好叫空气流通流通
声音好似裹在瓮中
转了一十二圈
又原样子打回

我的文学史
讲释家的了无挂碍
和苏东坡的放达
可我的目光无法离开
一部银灰色华为手机
三只闪光的眼睛
和一个梳着马尾辫的学生
粘在嘴角的白米粒

三台寺的钟声

寒山寺的钟声有点冷
三台寺的钟声有点热
红叶还在遥远的北方
等待着寒露和霜降

树上的蝉拼命地鼓噪
盖过了平缓的诵经声
老妇人坐在板凳上
鼾声时断时续

我坐在菩提树下
手捧方丈赠予的《俱舍论》
精神随着飘飘欲飞的云
有缓缓的出离
可我的身子却很沉
坐在椅子上纹丝未动

先生

你的头发渐渐变白时
你的文字逐渐变黑了
你的文字变黑时
你的骨头变白了

脚印囚在阁楼间
心飞扬古今中外
身子只有一个
影子却化作三千

若干年后
记起你的几个日子的
是朋友和亲人
记起文字的
是与你不相识的人

朝阳与身体

早晨，阳光先让我的脚显影
然后速写我的大腿和胸膛
待到它照亮我的头颅时
我好似又一次获得了新生

阳光

在我的记忆中
阳光，始终照射在
一朵雪白的梨花上

我记得，绿叶疯长
包裹了院落和一棵梨树
只有那一朵阳光，开放

我在妈妈的怀里
追赶梨花的声音
走了足足一个下午

我听到了
黄鹂的细语
蚂蚁的歌唱

却没有走出半步
像一只蜜蜂，牢牢地
粘上那朵阳光

从此我感受到

春天的阳光
梨花般纯净
蜂蜜一般甜

但我也曾警惕
那带花瓣的阳光
吸住你的年龄
永远不会长大

远去

我一边看杨花纠缠着树枝
不想离开的样子
一边小心地躲开
路上淡出的粉红花瓣
可一阵暖风儿微吹
头顶肩上又落下许多

春在悄悄地
收拾远足的行囊
而且已经启程
它像一个不愿回过头来的身影
渐渐失去了温度和气息

我已经没有了
年少时的伤感，不愿
再坐在池边静静地看
流水卷走了落红
荒草爬上了台阶
然后学着词人，浅吟
落花流水春去也

我要把那株玫瑰

从杏树下挪开

栽在我的窗前

再移来一棵西府海棠

留待明年的约会

真实

走在阳光下，影子
寸步不离地跟随我
早晨和傍晚
它的身高甚至是我的数倍

偶尔，我会狠狠地跺它几脚说
伙计，你多么不真实啊
拜阳光之赐的幻影
既不是我，亦非他人

有一天，我的灵魂突然溜出来
站在头顶俯视着我说
你是何人？我是我啊
哪里！我自此空中看你
也不过是个影子而已

时光之贼

我总怀疑
在我熟睡时
时光被黑夜偷走了

它有腾挪之术
把我转移到
另一个世界
然后就肆无忌惮地
剪裁掉时间
那枚弯弯的月牙儿
也许就是它锋利的剪刀

每一个夜晚
都会斗转星移
有无数人融入黑幕
从此在人间失踪
包括我的父母

我深信，每一天
它也在悄悄剪短我
它喜欢用它的底色置换一切

终有一天，它会
剪断我的时间链条
使我变为它的同伙

为此，有诸多夜晚
我大睁着眼睛
盯着那只黑手
试图逮住这个小偷
结果一无所获

蓝雪花的叙事

夏天已经像绿皮车开走
轰轰烈烈一场
究竟留下了什么
此刻，我看到
墙上的蚊子四肢僵直
苍蝇似贴在窗玻璃上的黑纸屑
不知何时雷声道了拜拜
天地之间少了怒声呵斥

太阳终于投射到屋子的纵深
在淡薄的蓝光下
雪花开始在我四周跳舞
夏天她遭到一劫
娇小的叶子卷曲枯萎
垂头丧气散落花盆周围
裸露出一条条细细的枝干
我把她移到窗台外面
叹息一声，不知她魂归何处

阳光是植物之所需
但骄阳似火一般豪横

是否使娇小的身体残毁
幸亏有根植入土中
埋下了再生的伏笔

一个努出的芽苞
突然间的复活
我们不知道发生了什么
如同自己的身体
隐藏着多少玄机
借助视觉扫描的
只能是现在如此

太阳剥夺一切的夏天走了
我陪同蓝雪花
经历了一次复活

晒书

我已经改变了
晒书的时间
由灿烂的阳光下
移到了夜里

没有影子的白
容易使文字变形
在炫目的光线中
历史极其焦脆
灵魂就怕晒

一团灯光下的书
温情脉脉的柔软
灵魂会大胆走出来
在黑暗中抖动头发
发散出霉味儿
一地霜白

此时合上书本
觉得薄了一公分
轻了零点五公斤
却干净了一点点

打碗花

似蓝纽扣，扣在
少女墓门与砖墙的夹缝
十四岁，花还未开
就枯萎了，不能进入家坟
孤零零地厝在山坡

不能摘那朵花呀
她的魂儿会跟了你
很小，我就因为恐惧
拒绝蓝与墙缝
夭折的红
完整的破碎

有些事物无法避开
如同命中注定
春天，野草复活
迎春花喧闹
土地松松的
散发出腥腥的气味
打碗花
猝然露出微笑的酒窝

阴郁，藏着阴谋
在东陵的慈禧墓旁
在城市花园
或一个新开的楼盘

我已经习惯于遇见
这蓝色的精灵
紧紧跟随的少女
春天，还有坟墓

城市生活

六点的闹铃，尖刻而暴躁
似刀锋划破凌晨
菜市场的叫卖声比它还早
更其凌厉，猝不及防

早餐是杂乱无章梦的延续
馒头，火腿，榨菜，咖啡
不伦不类，非中非西
反正味道永远匆匆忙忙

不是在路上，就是在路上
和出租车司机混得很熟
红灯停，绿灯行
所有的车灯都红着尾巴
目的地总有一段距离

去菜市场如同逛书店
挑挑拣拣总无可口的文字
逛书店又如进菜市场
萝卜白菜不洗泥
胃口不倒也很差

站在鸽子窝似的房间
看鸽子飞来飞去，鸣着响哨
我的脚也不曾着地
可我却不会飞

夜里，车声胜过天籁
潮水般一波一波涌上床头
我必须学会头和脚顶着四壁
倾听失眠的声音
重复一年级的数学题

路

一条山路只能容得马车
曲曲弯弯在山间盘旋
有时牛就横卧在路上
所有的汽车马车自行车
都要放慢脚步绕行

我离家远行时
母亲送到了村口
从此那里多了一棵瞭望树
父亲走得更远些
他送我到公路上
那里也多了一棵瞭望树

父母知道我去的地方叫城市
那里有柏油路汽车和楼房
可他们的目光
只能随着公路到达山顶
路到了那里就消失了

离开与等候

我即将离开这里，窗前
每天都会端详十分钟的老榆树
我发现了诸多秘密
比如乌鸦飞来时
喜鹊会不情愿地飞走
而喜鹊竟然捕捉老鼠
在蓝琉璃瓦的瓦檐上
上演一场活报剧——捉放曹

我们都能友好相处
对于它们，我是个
在台下观望的看客
默默地打量，漫不经心
像在消磨掉某些无用的时间
它们也从来不打扰我
躲在叶子里悄语，吵架
突然间一切皆静下来
只有鸽子徘徊窗前
悄悄阅读我的书稿
有时隔着玻璃和我对视一番
点了点头，飞去

更多的时间

是仰望不远处耸入蓝天的藏书楼

冬夜，偶尔会有一扇窗子里亮着灯光

此时的夜空就多了一颗星星

夏天燕子在蓝琉璃瓦下筑巢

它们飞进图书馆的次数

每天不知有多少

可它们不是最好的读书人

十九楼沙皇的赠书还打着捆

此刻，车子就等在楼下

我似一只蜂鸟

飞离繁花似锦的雨林

正六月，满城银杏树张开绿荫时

我将沿着这条路

去到一个未知的地方

未来将会发生什么，谁知

但我会在一个，望得见

蓝琉璃瓦的地方，静静等候

因为我还有

一本想要借的书

一本尚未还的书

我的行程也许不属于当代

习惯于夜间走路

深一脚是水洼

浅一脚是野草

曲曲弯弯的是蛇

经验比真理更真实

沾着泥的足迹

比一条河的水流

慢了一个白天

习惯于听森林

微风轻拂的呼吸

一滴露珠的坠地

比太阳落山的声息更重

猫头鹰竖起来的笑

诡异的呵呵呵声音

比喜鹊的颂歌

拖延了半个月亮

习惯于在无名小站

深夜下车，吃烤红薯

喝羊汤，再中转

登上一辆绿皮车
甲壳虫般缓缓爬行
哐当哐当的节奏
更像童年的摇篮曲
我的行程也许不属于当代
越近村庄速度就越迟钝

沉重的肉身

黑夜来临时，星星未必出席
雨停了，风还在远处
树叶静了下来
我终于不再担心
肉体被一道闪电照亮

我是芸芸众生，每当夜晚
就感到身体像铅一样下沉
没有什么空气能够阻挡
我肉体的堕落

翻身向左和翻身向右
同样不辨东西
无论仰卧还是俯卧
都改变不了沉沦

圣人说，有了灯光照明
灵魂才会发芽，向上生长
我骤然点亮一盏灯
看到的还是下沉的影子

我是吃五谷杂粮的生灵
此肉身不需要你的救赎
太阳放假的时候
也正是肉身回家的时候

思想关在门外，不必担心有人打扰
肉身为君主，主宰一切，贬谪一切
邀请孤独，悲伤，懊恼
听销魂的乐曲
和猫咪一起翻滚，打呼噜
我也不会忘记夜深人静时
躲在屋的角落为它忏悔

救赎

在过街天桥上相遇
也许是我们的缘分
我不想知道你的故事
也没认真看你告白的纸板
有过几次，我知道内容大同小异
无非是受骗，失窃，病患
身份大都是在校学生

我毫不犹豫地掏出十元钱
似乎早已经准备好的
放在你打开拉锁的书包里
请你不要感谢我的布施
真的不必，应该是我谢你
又给了我一次救赎自己的机会

多余的人

几天前，我走过这片草地
一次偶然的路过，在图书馆前
那里有一片樱花，我至少认得
大岛樱，菊樱和寒绯樱
可惜花开败了，落红满地
每一个花萼上只留下光棍似的花蕊

却有两位姑娘站在树下拍照
书包随便扔在草地上
我实在不太懂得她们的心情
欣赏樱树初叶，还是残红
她们裙子被风吹起来
像两朵倒挂金钟
她们用手按着裙摆
肆无忌惮地笑，比花鲜艳

我路过她们身边，感到花香袭来
想到去年花季从此经过时
樱花正盛，赏花者也多
有一个中年女士请我帮她拍照
拍了数张，总嫌效果不好

我始终未曾明白是花太艳丽

还是她错过了季节

现在，在两个中学生或大学生面前

我要像风一样悄悄走过

她们在，这个春天我显得很多余

似睡非睡之时

白天的日程总是满满的
从东城奔波到西城
上三节课，中间休息两次
午餐，一碗米饭，一荤一素
沙发上仰十分钟，假寐
看论文，三百页，二百元报酬
此时，上帝是鞭子，太阳是陀螺
我则随着太阳越转越快

只有到夜深，灵魂才会附体
形神言归于好，兄弟拥抱，亲热
在被子下，四肢卯榫密合
心脏和肠道可听到各自的招呼
枕头很软，床很平，灯光柔和
躺平了，上帝才交还你自己

我可以聚合起躯壳的碎片
凝视，触摸或嗅闻
感知身体的每一个部位
直达虚无缥缈深不可测的灵魂
澄明的月光下，窗帘轻拂

我的呼吸终得合于天籁之音

极静之夜，似睡非睡之时
距离天堂只在咫尺之间
我们也许破解或根本无解一些秘密
此刻却真实感受到生命的行程
时间剥蚀的疼痛渐渐袭来
我睁大了眼睛，寻找
先知的慧言以疗伤
却听到了白发拔节的声音

元旦祝辞

每一次日出东方
都开启一扇未来的大门
日月已非昨天的日月
生活亦将焕然一新
逝川浩荡，光阴迅疾
行色却不必匆匆
一天创造一个快乐的世界
一年又有三百六十五个新生

跋

人一生所看到的多是假象。读历史，读得细时，就会生疑，不免哑然失笑，继之感叹后人无法见到历史真相。现实社会中，也常如此。一件事如同纸上的画，看到的只是平面，内里怎样，无法得知；一个人，亦似一张纸，飘来飞去，显现的只有表面，难识立体。"这个世界的悲催和伟大：不给我们任何真相，但有许多爱。荒谬当道，爱拯救之。"加缪的话是对的，我越来越深切地感受到，人一生所遇，只有自然与心灵可信，爱最真实。小说的价值在于戳破假象，揭示真实的人性；诗歌的本性则在表现真实的心灵，用爱拯救灵魂。

当今诗坛如万花筒，写诗者比读诗者还多，口号、主义多如牛毛：朦胧之后有后朦胧，现代之后有后现代，知识分子、民间立场之外有第三条道路，口语并列有口水，下半身之后有垃圾，不知是诗之盛世，还是衰世？对于这些，我与丁帆兄同，冷眼观之，不置一辞。但我有我个人的判断，真诗？伪诗？在于是否直达心灵，显现人性的光辉，给人以审美的感受。

回想1973年我与王进勤、张树民等同学创办《幼苗》民刊，写诗至今已近半个世纪。虽然从不入诗歌大流，却也逐渐懂得何为诗，何为好诗，走过了从写伪诗到追求真诗漫长的路。2011年，东岭兄在我的诗集《岁月深处》座谈会上，突发意外之语："封笔吧，再写，也不会超过现在的作品。"此后五年，我果然不再碰诗，转而写了一本散文集《俯仰流年》。十年后又有了这本小册子，并非我耐不住寂寞，亦非想要超越前集，实在是四季轮回，给我人生感触良多，非陈诗无以慰之，这也是我始终未放弃写诗的原因。近些年来，我对生活的印象潦潦草草，心灵对四季的感受却真真切切：春晨的萌，寒冬的寒，暑热的热，黑夜的黑，梅天的黏，久雨的稠，雷霆的威，海棠的丽，远洋的纯，雪野的静，都形塑我的心境，进而演化为我对城市生活的烦躁与无聊，对自然与人生美与爱的向往与感激。

《岁月深处》有建功兄赐序，现在他不再给人写序。求序丁帆兄与求序建功兄一样，同声相求而已，非为他们是著名作家、现代文学研究的大家。丁帆兄点评我的诗如同我的文，真能直击心曲，这样的知音一生能有几个！

2021 年 7 月 20 日
于北京外国语大学

图书在版编目（CIP）数据

四季潦草 / 詹福瑞著 . -- 石家庄：河北教育出版社，2021.9（2025.1重印）
ISBN 978-7-5545-6733-3

Ⅰ. ①四… Ⅱ. ①詹… Ⅲ. ①诗集－中国－当代
Ⅳ. ① I227

中国版本图书馆 CIP 数据核字 (2021) 第 174133 号

书　　名	四季潦草
策　　划	刘贵廷　刘相美
责任编辑	付宏颖　武丹丹
特约编辑	刘相美
装帧设计	hanyinOrigin

出版发行　河北出版传媒集团
河北教育出版社 http://www.hbep.com
（石家庄市联盟路 705 号　邮政编码：050061）

印　　制	廊坊市佳艺印务有限公司
开　　本	880mm×1230mm　1/32
印　　张	5
字　　数	100 千字
版　　次	2021 年 9 月第 1 版
印　　次	2025 年 1 月第 2 次印刷
书　　号	ISBN 978-7-5545-6733-3
定　　价	45.00 元